संशय की एक रात

(खण्डकाव्य)

संशय की एक रात

श्रीनरेश मेहता

लोकभारती प्रकाशन

लोकभारती प्रकाशन
पहली मंजिल, दरबारी बिल्डिंग, महात्मा गांधी मार्ग
प्रयागराज-211 001

वेबसाइट : www.lokbhartiprakashan.com
ईमेल : info@lokbhartiprakashan.com

शाखाएँ : 1-बी, नेताजी सुभाष मार्ग, दरियागंज
नई दिल्ली-110 002
अशोक राजपथ, साइंस कॉलेज के सामने
पटना-800 006
1, अनमोल सोराबजी संतुक लेन, धोबी तलाव,
मरीन लाइंस, मुम्बई-400 002

पहला संस्करण : जनवरी, 2012
चौथा संस्करण : 2025

बी.के. ऑफसेट
नवीन शाहदरा, दिल्ली-110 032
द्वारा मुद्रित

SANSHAY KI EK RAAT
by Shrinaresh Mehta

ISBN : 978-81-8031-675-3

मूल्य : ₹ 495

कवि सौम्य

श्री सुमित्रानन्दनजी पन्त

को

भूमिका

'समय-देवता' तथा 'चीन'-जैसी लम्बी कविताओं के बाद सन् '५२ में ही 'पृथिवी पुत्र' शीर्षक से एक फैण्टेसी लिखी, किन्तु उस प्रमाद-दशक की अन्य कृतियों की भाँति वह भी अप्रकाशित रही।

प्रस्तुत कृति सन् '५९ में प्रयाग आने पर आरम्भ की। अन्तिम समय तक विचार था कि इसमें पाँच सर्ग रहेंगे। 'पार्थिव पूजा और पृथुज्जन' उसका शीर्षक था। लिखा भी गया, लेकिन प्रश्न उठा कि उसका दिया जाना समुचित है या नहीं? कारण कि यह कृति, राम की एक विशिष्ट मनोदशा तथा युद्ध एवं शान्ति से सम्बन्धित प्रश्नों के एक विशेष प्रयोजन को ही प्रस्तुत करती है। प्रश्न और उनके निराकरण, अपनी सामाजिकता के बाद भी, राम उन्हें व्यक्तिगत रूप में ही पाते हैं। यह उन्हें निरा व्यक्ति कर देने की चेष्टा नहीं है, बल्कि उनके व्यक्तित्व को देखने की चेष्टा है। ऐसे सन्दर्भ में पाँचवें सर्ग में पार्थिव पूजा के बाद उपस्थित सैनिकों तथा पृथुज्जनों को उद्‌बोधित करते हुए दैवी शक्तियों को चुनौतना, शिल्प-संयोजन की दृष्टि से सम्प्रति समुचित नहीं लगा। यदि कभी तर्कसंगत लगा तो सम्भव है कभी जोड़ ही दूँ।

प्रस्तुत कृति में राम, आधुनिक प्रज्ञा का प्रतिनिधित्व करते हैं। युद्ध, आज की प्रमुख समस्या है। सम्भवतः सभी युग की। इस विभीषिका को सामाजिक एवं वैयक्तिक धरातल पर सभी युगों में भोगा जाता रहा और इसलिए राम को भी ऐसा ही एकत्व देकर प्रश्न उठाये गये। जिस प्रकार कुछ प्रश्न सनातन होते हैं उसी प्रकार कुछ प्रज्ञा-पुरुष भी सनातन प्रतीक होते हैं। राम ऐसे ही प्रज्ञा-प्रतीक हैं।

अपने विशेष प्रयोजन के लिए ही रामकथा का मैंने वह स्थल चुना जो घटनाहीन था किन्तु मेरी रचना-सम्भावना के लिए उर्वर। राम जिस द्विविधात्व को प्रस्तुत करते हैं उसके लिए यही उपयुक्त स्थल था।

यह अन्तरीप मन का, स्थल का।

राम के साथ एक गरिमा का बोध होता है उसे आधुनिक बोध के साथ संयोजित करना कठिन काम है। कारण क़ि एक युग की गरिमा दूसरे युग की भी गरिमा हो, इसकी कोई स्वीकृति नहीं। ऐसी स्थिति में विभिन्न युगीन गरिमाओं को योजित करना

खतरे से खाली नहीं। इसके अतिरिक्त विभिन्न मूल्यों, बोधोंवाले समाज से कोई चरित्र लेकर एकदम विपरीत मूल्यों, बोधों, मान्यताओं में, विभिन्न उद्देश्य के लिए प्रस्तुत करना काफी संकटपूर्ण होता है। लेकिन ऐसा संकट, एक रचनाकार का ही हो सकता है। और बिना संकट उठाये किसी के लिए भी केवल रचना ही नहीं उसकी उपलब्धि भी सम्भव नहीं।

एक विशेष प्रभाव उत्पन्न करने के लिए तथा निवारण के लिए द्वितीय सर्ग में हैमलेट की शैली प्रयुक्त की गयी है। किसी का इस पर भी मतभेद या तीव्र विरोध हो सकता है। ये सारी बातें, रचनाकार के उसी संकट में समाविष्ट होती हैं।

कोई भी रचनाकार प्रयास करता है इससे अधिक का उसका दावा सत्य नहीं माना जाना चाहिए। अस्तु—

अन्त में मैं श्री शमशेरजी का अत्यन्त आभारी हूँ जिन्होंने मूल्यवान् सुझाव देकर भारी भूलों से बचाने की चेष्टा की। साथ ही श्रीमती महिमा मेहता एवं श्री विपिन शर्मा ने अपने सहजज्ञान के द्वारा इसे सन्तुलित बनाये रखने में जो सहयोग दिया वह उल्लेखनीय है।

इति नमस्कारान्ते—
२८ अप्रैल, १९६२
९९-ए, लूकरगंज, इलाहाबाद-१

अनुक्रम

प्रथम सर्ग : साँझ का विस्तार और बालूतट

रामेश्वरम का सिन्धु तट। भाद्रपदी सन्ध्या। मेघाछन्न आकाश। समुद्री हवा का प्रवेग। राम बालू तट पर कभी उदास टहलते हैं, कभी बैठ जाते हैं। ज्वारजल कभी उन्हें भिगो जाता है। एकान्त सन्ध्या हो रही है। गत कई दिनों से राम की यही मनोदशा है। सेतुबन्ध अन्तिम रूप से तैयार हो चुका है। इस स्थान से उनका शिविर थोड़ी दूर पर है। साँझ के एकान्त विस्तार में राम सप्रश्न हैं।

राम

कितनी बार
कितनी साँझ
इस सिन्धुबेला तट
बितायीं,
काट दीं—पर व्यर्थ!!

कितनी बार कुचला
बालुओं को
स्वयं के पदचिह्न व्यूहों से
घिरे बैठे रहे
दुर्ग निर्माते रहे,
सीतामुख बनाते
सदा काँपीं अँगुलियाँ
पर हाय—
यह बालुवाली जानकी
प्रतिसाँझ
ज्वारजल में समर्पित होती रही।

वनअँधेरा
फेन भीगे पदों से
ठुकराते रहे,

शंखशिशु
पैरों तले
किरकिराते रहे।
सिन्धु सीने से सटी
उड़ती हुई टिटहरी
चीखा करी।
कितने पाखियों के वंश
विलोमे लहर से ऽऽ
आकाश में।

क्या हो
क्या न हो के प्रश्न ने
थका डालीं मुट्ठियाँ।

अपनी चोंच से कोंचती जल
टिटहरी
खो गयी विस्तार में—
अँधेरे में स्वत्व,
सागरघोष में वह चीख।
और हम—
बालू धँसे
सूखे बुरुस से उपेक्षित
सीपियों के
टूटे हुए मस्तूल से,
अनागत वेग की
आकुल प्रतीक्षा में।

किन्तु प्रतिबार
संशय
अनिश्चय ही
हमें भटकाता रहा।
नारिकेलों पर टिका

आकाश
शव की पुतलियों सा
मौन
नीला मौन!!

अँगुलियों से
रेत बरसा की
और हम
सोचा किये
सोचा किये—

यह बालुवाली जानकी
उस फाल्गुनी आकाश को
पुनः लौटा दें,
जो कि
मिथिला आम्रकुंजों पर
झुका था
एक नीले हंस सा।

मैथिल हंसिनी!
बालू धँसे बाण से
हम क्यों विवश हो जाते रहे?
जैसे घिर गये हों

जल की अँधेरी गहराइयों में—
जहाँ हम
देखते
सुनते
बोलते भी जल हैं।
अँधेरा जल
पार के भी पार

जल ही जल।
जल की आ रहीं ध्वनियाँ
अँधेरे से
अँधेरे में
अँधेरे तक।

ओ आलोकप्रिय सहकार!
कहाँ हो
तुम कहाँ हो?

भूमुकुट जैसे अशोकों के प्रति
हम समर्पित हैं।
दे न पाये छाँह
हम जिस हंसिनी को
हमसे श्रेष्ठ तो वे गाछ हैं।

ओ सूर्यास्त!
सिन्धुजल को
नींव तक
उसके अतल तक
रँग रहे हो
वैसे ही
हमें आलोक दो।

ओ सूर्यास्त हमें आलोक दो!!
प्रतिबार
रावण द्वार से
शान्ति के सब दूत
लौटे हार
सौ बार।

और हम
प्रतिसाँझ
सँझाता आकाश
नैनों में लिये
भीगते बैठे रहे खारी हवाओं में

ज्वारों घिरे
विवश
छोटे द्वीप से।

परिताप
पश्चाताप—
ओ अशोकों की छाँहवाली
जानकी!
जानते भी क्यों गये हम
स्वर्णमृग हित!
क्यों गये पथ भूल??
उस वंचक के पदों में
सर्प बन सौमित्ररेखा
क्यों नहीं लिपटी?
यह परिताप
यह अनुताप—
अनुखन सालता है।
क्या सोचते होंगे जनकजी?
बन्धु-बान्धव और
पुरवासी सभी क्या कह रहे होंगे?
स्वयं सीता
सोचती होगी
क्या??

ओ सिन्धु!
ओ आकाश!
नारियल के वन!
समुद्री खारी हवा!
ओ अनिर्णय की भाद्रपद की साँझ!

वहाँ उस साँझ तारे को नहीं
मुझको विलोको।
पश्चाताप में
इस झुके मेरे माथ को
नील फूलों की
शुभाशंसा प्रदत्तो।
मेरी यात्रा
छोटे शंख सी
यहीं बालू में कहीं गिर
खो गयी है।

लक्ष्मण का प्रवेश। कुछ क्षण तो वह राम को देखते होते हैं, उपरान्त बैठते हुए।

लक्ष्मण

बन्धु!

राम

कौन?
लक्ष्मण??

लक्ष्मण

पम्पा ने करली है सन्धि देव!
स्वीकृत है
सेना सहयोग भी।
आज ही रात
राजा भी आएँगे
सेवा में।

राम

लक्ष्मण!
जैसा उचित समझो
बात करलो
तुम्हीं मेरी इन्द्रियाँ हो।

लक्ष्मण

भले ही,
किन्तु आत्मा तो नहीं हूँ न??
फिर वे तो आपसे मिलने को
उत्सुक हैं
आपकी प्रजा बनकर आएँगे।

राम

बन्धु!
देखते हो ज्वारवाला सिन्धु
भाद्रपद की साँझ
यह आकाश
हवा विनयी नारियल के गाछ
घुले तट का असंगी विस्तार

इनके बीच
हम अपनी समस्याएँ लिये
भटके सार्थ के
टूटे हुए सन्दर्भ हैं।
मरुथलों की
गरम ज़लती हवाओं की भाँति
असत्कारित
अवांछित
हर गाछ से।
यहाँ सब आकाश है—
इस नील असम्पृक्ती के हृदय में

एक भी पदचिह्न तो दिखता नहीं है
लक्ष्मण!

इतने मेघ
इतने गरुत
इतने पाखियों के वंश
इतने घोष—
अँधेरे औ उजाले के
करोड़ों पंख
कहाँ हैं?

एक भी टूटा हुआ
दिनपंख
कहीं भी तो नहीं है।

किसी भी हेतु
यह आकाश तो आकुल नहीं है।
भाद्रपद का
असंगी उत्सव
गगन से सिन्धु तक
सम्पन्न है।
मित्र या अतिथि बनकर
दे सको यदि योग
तो दो—
अन्यथा
तुम उदासी के लिए ही हो

सम्भव है।
जबकि हम
सन्धियों से

युद्ध से
नियति पाना चाहते हैं।
इस वैराट्य के सन्दर्भ में
आयोजना में
लक्ष्मण!
शव चुभे बाण के टूटे फलक से
अधिक अपनी सार्थता
क्या है?

यदि यह सार्थता है
बन्धु!

इतिहास के हाथों
बाण बनने से अधिक अच्छा है
स्वयं हम
अँधेरों में यात्रा करते हुए
खो जाएँ।
किसी के हाथों सही
पर नियति खोना है।
मात्र
श्रेष्ठ हाथों की प्रतीती के लिए
इस मिथ्यात्व को
शास्त्र सम्मत सत्य कह कर
मत छलो।
सब शिखर की नींव में
सोया अँधेरा है;

मत जगाना
अँधेरों को मत जगाना
लक्ष्मण! मत जगाना!!

राम टहल रहे होते हैं। लक्ष्मण उपरोक्त कथन सुन, कुछ क्षण तो अवाक् हो देखने लगते हैं फिर टहलते उदास राम को संबोधित करते हुए कहते हैं।

लक्ष्मण

क्षमा करें मेरे इस भाव को।

बन्धु अग्रज हैं
परिजन औ पुरजन प्रियभाजन हैं।
साथ ही हम प्रजा के
मनोनीत राजन हैं।
ऋषियों के प्रिय और
हम सब के
नैनों के उत्सव हैं।
अवधि हैं अयोध्या की
सीता की प्रतीक्षा हैं
महाराज रघु की ही प्रतिकृति हैं।
तब इस संशय का
क्या है प्रयोजन
देव!
क्यों है परिताप
और अनुताप किसलिए?

जब से किया है
रामेश्वर शिविरवास
देखता हूँ प्रिय हुआ है आपको
एकान्तवास।
तब से यह संशय भी
अनिश्चय भी
घेरे है।
सम्भव है।
लगता हो जीवन ही निस्सार।

अमृतपुत्र!
छाया सा
अनुज यह सदा पीछे लगा रहा
ताकि देख सकूँ उसको
जिसको पाने को
आकुल हैं
बन्धु! आप।
क्या है अभीप्सित वह
जो कि
इस जल घिरी चट्टान पर
बैठे हुए राम को
मँथता है
पोर पोर,
झोर झोर देता है
निष्ठा को?

क्या है वह?
क्या है वह प्रभु!

आप जब चले जाते हैं
तट को अकेला छोड़,
गिने हैं
प्रत्येक चिह्न आपके पदों के
गिने हैं
इस अनुज ने।
अपने विकल्पों से खुँदा
मन जैसा
बालूतट
देखा है
नित्य रात।

किन्तु क्या है वह
जो साले है
बन्धु को?
अपने ही
पदचिह्नों के व्यूहों से
घिरे हुए रहने में
कौनसा प्रयोजन है?
कौनसी वह प्राप्ति
जिसे पाने में
हम सबको पाते हैं बाधा
बन्धु!

अपने से बड़ी
नहीं अन्य कोई बाधा है।

सन्धि या कि युद्ध
टूटे सन्दर्भ की
मात्र विवशता ही नहीं हैं।
नहीं हैं हम
केवल परिचालित यन्त्र मात्र
किसी अदृश्य
अन्धे हाथों के।

कितने ही लघु हों
इससे क्या?
सार्थक हैं।
स्वत्व है हमारा
कर्म—

हमारी जलती हुई आँखों में
बँधी हुई मुट्ठी में

भिंचे हुए ओठों में
इन उद्धत पैरों में

संकल्पित प्रज्ञा है
वर्चस्वी निष्ठा है
उत्सर्गित इच्छा है।

हम केवल चलते हैं
अपने में
अपने से बाहर
धूप और अन्धकार चीरे
हम चलते हैं।

चलने पर
सम्भव है—
तीर्थ मिले
कीर्ति मिले
चामर की छाँह मिले।
सम्भव है—
पसली में बाण फँसे
प्यासे ही दम तोड़ें,
चीलों से
आखिर तक
युद्ध करें जीवन हित।

सम्भव है—
सम्भव है—
साँकल से बँधे हुए
जेता के रथ में हम

जुतने को
बाधित हों।
विजयी राक्षसगण
जीवित ही
भून दें

किन्तु
किन्तु यह असम्भव है

बन्धु! यह असम्भव है
कर्म और वर्चस को
छीन सके कोई भी
जब तक हम जीवित हैं।
प्रभु! मेरे
यह सेतुबन्ध आयोजन
या कि
युद्ध आवाहन आदि कहीं
व्यर्थ तो नहीं लगता?
या फिर
युद्ध में क्या होगा
मात्र यदि इसकी ही चिन्ता है

तो फिर—
शपथ है बन्धु!
मुझ को मेरे ही बाण की
आज की भाद्रपदी साँझ की।
सिन्धु के इस
ऐकान्तिक शिवघोष की।
इन देवपुरुष तारों की

शपथ है
बन्धु! शपथ है
मुझको
इस क्षण को भी।

साक्षी रहे सूर्यास्त।
रहना तुम साक्षी
ओ विस्तीर्ण बालुओं के वंश!
लक्ष्मण से तुम भी हो
प्रतिश्रुत
ओ देवप्रियी नीलाम्बर!
आज्ञा करें राम
देखें फिर पौरुष इस बन्धु का।
दूसरी बार होगा
सागर का मन्थन अब।
यदि यह बाधा है सिन्धु
अगस्त्य के आचमन सा
सोखेंगे।
महाकाल देखे अब,
साक्षी रहे इतिहास।

लंका यदि ध्रुव पर भी होती तो
भाग नहीं पाती बन्धु!
लक्ष्मण के पौरुष से।

कर्म की चुनौती
मुझे स्वीकार है
अग्निकुण्ड की भी पर
राम के माथे पर

चिन्ता की रेखा?
देख नहीं सकता।
ब्रह्मलेख को भी मैं
बाणों की चुनौती ही देता
यदि वह
राम के माथे पर बनता
चिन्ता की रेखा।
आप रुकें रामेश्वर
जाएगा लक्ष्मण ले अभियान।
यदि नितान्त एकाकी भी जाना पड़े
जाऊँगा
बन्धु! जाऊँगा
सीता को लाऊँगा
अपने पुरुषार्थ से।

विश्वासें
प्रभु! विश्वासें
अपने बन्धु-मित्रों के
पौरुष को।
जन-जन के द्वारा निर्मित होते
सेतुबन्ध को।

लक्ष्मण बोलते हुए चुप हो जाते हैं और राम की ओर देखने लगते हैं। राम अत्यन्त शान्त भाव से समुद्र देख रहे होते हैं। कुछ देर बाद वे अपने ही में बुदबुदाने लगते हैं। संयमित आवेश में वे प्रत्यंच हैं अपने ही में। टहलने लगते हैं। उपरान्त वे स्पष्ट रूप से लक्ष्मण से बोलने लगते हैं।

राम

यही तो है बात
लक्ष्मण!

राम ने कभी नहीं किया अविश्वास
यही तो है बात।

मैं केवल युद्ध को बचाना चाहता रहा हूँ बन्धु!
मानव में श्रेष्ठ जो विराजा है
उसको ही
हाँ, उसको ही जगाना चाहता रहा हूँ बन्धु !
क्या यह सम्भव है?
क्या यह नहीं है?

राम बोलते हुए मौन हो जाते हैं। सूर्यास्त हो रहा होता है। उस रक्ताभा में सागर तथा राम दोनों ही रंगा उठते हैं। रह-रह कर ज्वार उनके पदों तक आकर बिखर पड़ता है।

देखते हो लक्ष्मण!
यह बालुवेला और सागर तीर
ज्वार का उद्घोष
सबका सम्मिलित एकान्त
कितना शान्त जैसे
आकाश की नीलम आँख!!

फिर भी
कहीं चारों ओर
हल्का शोर
हाहाकार।
शंख-सीपी उगलते
ये क्रुद्धपन
वृहदाकार।
बेलनों से रोलते अन्तर स्वयं का
आ रहे किस गर्व से—

पर टूटने को।

ठीक ऐसा ही विरोधाभास
अनिर्णय की भाद्रपद की साँझ
मुझ में भी कहीं पर है।
कर्म मेरे लिए
कभी था ही नहीं आवेश
वह कर्तव्य लगता है,
इसलिए वह प्रश्न है।

कितनी बार
भाद्रपद की अनिर्णय साँझों घिरे
सागरतीर हम बैठे रहे।
स्वयं को
इन हरहराते नारिकेलों को
डाक दी
प्रतिडाक दी पर व्यर्थ!!

यदि न हो विश्वास तो
ये आज के
कल के सभी पदचिह्न
प्रतिश्रुत हैं।
यह खारी हवा
या साँझ तारा साक्षी है
लक्ष्मण!
मैं नहीं हूँ कापुरुष
युद्ध मेरी नहीं है कुण्ठा

पर युद्धप्रिय भी नहीं।
बन्धु!

अपने वंश का
मैं दुःख-कारण हूँ।
इसका ही मुझे
परिताप
है अनुताप
प्रायश्चित भी।

लक्ष्मण!
राम की इस विवशता को
सोच सकते हो?
अन्य प्रायश्चित करें मेरे लिए,
दुःख भोगें,
वनों में भटकें अकारण ही
बिना वनवास की आज्ञा मिले।
पिता की मृत्यु
विधवा जननियाँ
कौन है इनका निमित्त?
पत्नी का हरण
पिता के मित्र जटायु का मरण
मेरे लिए—
उपेक्षित अंगद हुए,
देहदाही हुए हनुमान
किसके लिए?
उर्मिला सी देवि
विरहणी किस प्रयोजन के लिए?
व्यक्ति का वनवास
परिजन और पुरजन के लिए
अभिशाप क्यों बन जाए?
व्यक्तिगत मेरी समस्याएँ
क्यों ऐतिहासिक कारणों को जन्म दें?

राम के कारण
भरत जैसा सौम्य
निर्वसित हो?

लक्ष्मण!
इतने प्रश्न
शंका औ कुशंकाएँ
मुझे घेरे हुए हैं।
इन उपकार के बदले
कृतज्ञित हूँ
किन्तु अपनी दृष्टि में ही
मैं अपात्री लग रहा हूँ।

लक्ष्मण!
मेरी पात्रता को यों न पूजो।
मेरा व्यक्ति
मात्र पश्चाताप है
केवल पराजय है।
यह चेतना
यह बोध
अमोही प्रज्ञात्मता की
अग्नि यह
कौन से अभिषेकजल से शान्त हो?
समाहित व्यक्तित्व की
यह ज्वाल
अनुखन दाहती है बन्धु!
कौन से वे हिम शिखर हैं
द्रोणियाँ हैं
जहाँ आदिम अग्नियाँ सोयी पड़ी हैं?
यह अग्नि भी सो जाय।

शिव-निर्माल्य सी
इस अग्नि को
उत्तर दिशा को सौंप दो।
मुझ अपात्री के लिए
यह चेतना
यह बोध

दाह है
तप नहीं।

द्वन्द्व का यह स्वर
अपरिचित लग रहा होगा,
लक्ष्मण !
विद्रोह मेरा नहीं गुण-धर्म है
सौम्य स्वीकारा गया हूँ आज तक।
केलफल सा सदा
विनयी ही रहा।

पर
यह चेतना
यह बोध—
आस्था में
आत्मा में ही विभाजन कर रहे।
यह अकेले राम का संकट नहीं है
लक्ष्मण!
सम्भव है प्रथम हो
किन्तु अन्तिम तो नहीं है।

दो सत्य
दो संकल्प

दो दो आस्थाएँ—
व्यक्ति में ही
अप्रमाणित व्यक्ति पैदा हो रहा है,
कौन जाने
अप्रमाणित व्यक्ति में भी
अन्य आसित हों।
क्या हो
क्या न हो की बालु में
किसी पाखीपंख से टूटे हुए
सन्दर्भ खण्डित
निष्प्रयोजित!!

ये यज्ञ
ये आश्रम
देवोपासना
मानव एकता—
यदि बिना युद्धों के नहीं हैं सत्य
लक्ष्मण!
तब एक गहरा प्रश्न ऽ
संकट
प्रत्येक प्रज्ञित के लिए।

सत्य की मिथ्या पताकाएँ लिये
अपने स्वार्थ के दे खड्ग

जन के हाथ में
जो भी लड़ूँगा युद्ध
होगी आस्था की वंचना ही
बन्धु!

ऐसा युद्ध
ऐसी विजय
ऐसी प्राप्ति—
सब मिथ्यात्व है।
नरसंहार के व्यामोह के प्रति
वितृष्णा से भर उठा हूँ।

ओ अनास्थित सूर्यास्तवाली
भाद्रपद की साँझ!
युद्ध के उपरान्त होगी शान्ति
उपलब्धियों की सिद्धि—
इस मिथ्यात्व से
इस मरीचिका से

मुक्ति दो!!

दूरी पर हो रहे सूर्यास्त को दोनों देख रहे होते हैं।

द्वितीय सर्ग : वर्षा भीगे अन्धकार का आगमन

लक्ष्मण, राम को वहीं सिन्धुतट पर अकेला छोड़ हनुमान को लेकर विभीषण के शिविर-द्वीप की ओर चले गये। उपरान्त राम टहलते हुए सेतुबन्ध की ओर निकल आये। सेतुबन्ध पूर्ण हो चुका है। सेतुबन्ध की एक बुर्जी पर जाकर उदास हो गरजता सागर देखने लगते हैं। कुछ ही देर में वृष्टि धाराधर हो जाती है, लेकिन राम उसी प्रकार आद्यन्त भीगे खड़े, विचार ही बने रहते हैं।

शिविर ओर का उल्कालोक लपक में दिखने लगा है। बन्ध एवं शिविर के प्रहरियों का 'सावधान' दूर-निकट सुनायी पड़ रहा है। सिहराती सपाटे मारती हवा, वर्षा को कोटों-कँगूरों पर बिछलाती 'साँय-साँय कर रही है। राम, भूर्ति बने अभी भी विचलित हैं।

राम

मुझे प्रश्नों शपथों में घिरा छोड़
चला गया लक्ष्मण
चला गया।

ओ भाद्रपदी वृष्टि!
मुझे भी नारिकेलों सा
अभिषेकित हो जाने दो
आद्यन्त भीग उठने दो
उस आत्मा तक
जो खन्डित है।

जहाँ केवल
क्या हो
क्या न हो के प्रश्न ही प्रश्न हैं।

ओ भाद्रपदी वृष्टि!
आद्यन्त भीग उठने दो।
सम्भव है
तुम्हारे इन देवजलों से
यह संशयाग्नि शान्त हो सके
सम्भव है।
एक
अनुत्तरित संशय का सर्पवृक्ष
हरहरा रहा मुझमें
पीपल सा
आहोरात्र।

दो सत्य
दो संकल्प

दो दो आस्थाएँ
व्यक्ति में ही अप्रमाणित व्यक्ति पैदा हो गया है।
यह बोध
यह चेतना
अनुखन दाहती है।
ओ भाद्रपदी वृष्टि!
आद्यन्त भीग उठने दो
उस आत्मा तक
जो वासुदेव थी—
पर अब सर्पवृक्ष है
संशय-खण्डित।

मुझे प्रश्नों शपथों में घिरा छोड़
चला गया लक्ष्मण
चला गया।

मैं सत्य चाहता हूँ
युद्ध से नहीं,
खड्ग से भी नहीं
मानव का मानव से सत्य चाहता हूँ।

क्या यह सम्भव है?
क्या यह नहीं है?
ओ भाद्रपदी वृष्टि!
ओ विशाल रत्नाकर!
यदि मानवीय प्रश्नों का उत्तर मात्र
युद्ध है
खड्ग है

तो—

लो
समर्पित है तुम्हें
तुम्हारे अज्ञात जलों को,
इस क्षण के द्वारा
वृष्टि भीगे उस महाकाल को
समर्पित है यह

धनुष, बाण, खड्ग और शिरस्त्राण।
मुझे ऐसी जय नहीं चाहिए,
बाणबिद्ध पाखी सा विवश
साम्राज्य नहीं चाहिए,
मानव के रक्त पर पग धरती आती
सीता भी नहीं चाहिए।
सीता भी नहीं।
हाय
आज तक मैं निमित्त ही रहा
कुल के विनाश का
लेकिन
अब नहीं बनूँगा कारण
जन के विनाश का।

मुझे प्रश्नों शपथों में घिरा छोड़
चला गया लक्ष्मण
चला गया।

तभी बुर्जी के सामने वाली छत पर पदाहट होती है। राम किंचित् चौंकते हैं। आगन्तुक नील है, जो कि एक सामन्त है। वह भी युद्धभूषा में है। सैनिक अभिवादन निवेदन कर सतर्क मुद्रा में खड़ा हो जाता है।

राम

नील?
इस वृष्टि में?
कुशल तो है सब?

नील

जय हो।

प्रभु के शिविर भी गया था।

राम

कारण?

नील

पूरब के सेतुबुर्ज पीछे

एक अदृश्य छाया

दीपक की लौ सी

अस्पष्ट घूमती दिखती है

कभी-कभी।

राम

छाया?

कैसी?

किसकी छाया?

नील

यह तो पता नहीं देव!

लेकिन वह छाया

निश्चय ही माया है।

राम

रावण की?

नील

सम्भवतः

राम

तो फिर

तुम सबके मन्त्रपूत बाण क्या हुए?

नील

जल में बाण का जो होता है

वही हमारे भी बाणों का हुआ प्रभु!

छलना

आहट सुन
दिशाकाशों में धुलने लगती है।

राम

किस ओर?

नील

सभी ओर।
लगता है जैसे कुछ खोज रही।

राम

क्या?

नील

यह तो पता नहीं।

राम

ऋक्षपति ने देखा है?

नील

उन्होंने ही प्रभु तक भेजा है
मुझे।

राम

कहीं यह भ्रम तो नहीं है?

नील

नहीं देव!
हमने उस मायावी से
बातें करने की चेष्टा की।
लेकिन वह
अस्पष्ट बनी
आकृतिहीन
यहाँ-वहाँ खोजती घूमती सी है।

राम

पहले कब देखा?

नील

कुछ दिन हुए।

राम

आज?

नील

वृष्टि शुरू होने पर।

राम

लक्ष्मण को मालूम है?

नील

अभी नहीं।

राम

जाओ, उन्हें बुला लाओ।

नील

वे अभी नौका ले
विभीषण से मिलने
उनके द्वीप तक गये हैं।

राम

अच्छा, चलो
देखें वह मायावी कौन है।

दोनों का प्रस्थान।

सेतुबन्ध के एक अन्य भाग का दृश्य। धाराधर वर्षा में भीगते हुए जामवन्त आदि सामन्त प्रतीक्षित खड़े हैं। प्रतीक्षा राम की ही है। सभी भीगे, युद्धभूषा में हैं। राम को उपस्थित देख सभी सैनिक अभिवादन करते हैं।

सामन्त

जय हो।

राम

कहाँ है मायावी?

जामवन्त

अभी अभी मेघों में लौट गया।

नल

वर्षा थमने पर
संभव है फिर आये।

राम

किधर गया?

जामवन्त

ईशान ओर।
वहीं से आता है
और इन कोटों-कँगूरों पर
खड़े-खड़े देखता है।

राम

कैसा है?

जामवन्त

नख से शिख तक
उज्ज्वल में मंडित
किन्तु अस्पष्ट।

नल

किसी वृद्ध राजन सा।

राम

किसी वृद्ध राजन सा?

तभी जोरों पर विद्युत का चमकना। मेघ-गर्जना। सेतुबंध का यह भाग जहाँ ये लोग एकत्र हैं, भीगे विद्युत-आलोक में दिप उठता है। साथ ही हवा का एक तेज झोंका सबको कँपा जाता है।

जामवन्त

वो देखें प्रभु !
वो ऽ ऽ उन
मेघों के पीछे
वहाँ......

नल

हाँ, वही है।
कैसा मेघों में छिपा छिपा
उतर रहा।

नील

क्यों न हम

कँगूरों के पीछे हो लें।

छाया कँगूरों पर के ऊपर वाले आकाश में अस्पष्ट दिखते हुए घूमती होती है। शेष उसे भय से देख रहे होते हैं लेकिन राम को मात्र आश्चर्य है।

जामवन्त

इतनी वृष्टि में भी

वस्त्र नहीं गीले

निश्चय ही माया है।

नील

इस बार

प्रभु ही पूछें तो अच्छा है।

राम छाया के साथ साथ बढ़ते हैं। सामन्त वर्ग अपने-अपने शस्त्र निकाले राम के पीछे पीछे चलने लगते हैं।

राम

कौन हो तुम?

छाया इस बीच बराबर कभी मेघ-डूबी, कभी मेघ-दिखी होती रहती है।

ठहरो

ओ छलना!

कौन से प्रयोजन के लिए

घूम रही बुर्जों पर?

उत्तर दो

राम को उत्तर दो।

बोलो क्या चाहती हो?

छाया के अंक का पक्षी पंख फड़फड़ाने लगता है।

नल

हाथों में इसके तो पक्षी है।

जामवन्त

गरुड़ है शायद।

अवश्य ही रहस्य है।

छलने!

प्रभु को उत्तर दे।

नल

उत्तर दे।

वर्ना मन्त्रपूत बाणों से

स्वाहा हो जाएगी।

राम

ओ रात्रि की प्रेतात्मा!

ठहरो

उत्तर दो

दाशरथी राम को उत्तर दो।

मैं तुम्हें मन्त्रों से पाशित कर

इन्हीं आकाशों में थिर कर दूँगा

अनन्त को।

उत्तर दो।

जामवन्त

दाशरथी महाराज राम को उत्तर दे

छलने! उत्तर दे।

छाया विलीन होने के लिए ऊपर आकाश में तेजी से चढ़ने लगती है। रामँ उसे पकड़ने के लिए कँगूरे पर लपक कर चढ़ जाते हैं।

नील

प्रभु! उसका पीछा न करें

वह केवल छाया है।.

जामवन्त

अब आप फिर किसी

नयी छाया के पीछे

न जाएँ प्रभु!

नल

न जाएँ प्रभु!

राम यथावत अनसुने भाव से आकाश ताक रहे होते हैं।

राम

बोलो ओ मायावी!
कौन सा प्रयोजन है तुम्हारा?
किसने तुम्हें मन्त्रित कर
छोड़ा है मेघों में!
ओ अनाकृती!
किसी भाषा में सही पर
उत्तर दो,
मैं तुम्हें आज्ञा देता हूँ

उत्तर दो,
दाशरथी राम को उत्तर दो।

एक क्षण को मौन घिर उठता है। केवल मेघ-गर्जन प्रमुख हो उठता है। सब छाया की ओर सशंक दृष्टि से देखने लगते हैं जो कि अब अपेक्षाकृत स्पष्ट हो उठी है। दीपशिखा बन वह छाया जैसे मलमल में लिपटी किसी वृद्ध व्यक्ति की आकृति हो किन्तु मुख पर अभी भी मलमल की झीनी चिलमन पड़ी है, इसलिए आकृति बोध नहीं होता। वह छाया इस बार षड़ज में डूबे-डूबे स्वर में बोलने लगती है।

छाया

राम!
मुझे तुम्हारी ही प्रतीक्षा थी।

इन आवाजों से कह दो
चली जाएँ।
केवल तुम
आओ
मेरे पीछे पीछे आओ।

डरो नहीं राघव!
मेरे पीछे पीछे आओ।

जामवन्त

प्रभु! यह छलना है
रावण की।

राम

तुम लोग
नीचे बाँध पर प्रतीक्षा करो।

शेष लोग चले जाते हैं। उपरान्त छाया और राम ही रह जाते हैं। छाया थोड़ी दूर तक राम को ले जाती है।

छाया

डरो नहीं राघव!
मैं तुम्हारी पितात्मा हूँ।

राम

स्वर्गीय राजराजेश्वर दशरथ की?
पितात्मा?

यहाँ कैसे?

छाया

मृतकों से प्रश्न नहीं करते
पुत्र!

राम

औ यह पाखी?

छाया

यह मेरे मित्र जटायु की आत्मा है।
तुम्हारे अग्निदाह से
हम दोनों तुष्ट हैं।
तुम्हारा कल्याण हो।
तुम्हें पश्चाताप है
मेरे मरण का
जननियों के वैधव्य,
कुल के नाश का कारण

स्वयं को मानते हो।
तुम्हें परिताप-पश्चाताप
वात्याचक्र से घेरे हुए हैं

राम

सत्य है यह
ओ पितात्मा! सत्य है यह।
बारम्बार कौंध जाता है—
ऐसा क्यों हुआ?
जब हमने नहीं चाहा तब
ऐसा क्यों हुआ?

नन्दीग्राम के एकान्तवाला
भरत का वह
सौम्यमुख,
उर्मिला की पति-प्रतीक्षित दीठि,
मेरे तपते हुए आकाश में
मिहिरहीना दिशाओं सी
श्वेत, मौन, उदास
माताएँ—
जैसे
एक असफल साँझ रक्तिम
ग्रीष्माकाश में
असमाप्त होने के लिए होती रहे
आधी रात तक।
कैसी त्रासदी!!
राज्य पाने की नहीं की कामना
फिर भी गृहकलह।
सोचा था
शान्त तापस बन
एकान्त आरण्यक रहूँगा

किन्तु
पग पग पर घटनाएँ प्रतीक्षित थीं।
राक्षसी षड्यन्त्रों को जैसे
मेरे निमित्त की ही उत्कंठा थी।
मुझे ही जैसे
उत्सव का
अन्तिम गायन होना था।
यह सब कुछ का समापनी समारंभ!!
कैसी त्रासदी!!

यह अन्तरीप
मन का
स्थल का।

जहाँ अब कोई पथ नहीं,
पथान्त है।
वह भी युद्धाभिमुख।
पीछे
जहाँ लौट जाने वाले पथ हैं
एक उदास
वनवास की आज्ञा खड़ी है
पथ को रोक।

यह अन्तरीप
मन का
स्थल का।

सम्मुख अब केवल युद्ध
अवैतरित सिन्धु,
युद्ध की विभीषिका

गर्जन-तर्जनयुत
कृत्या।

ओ पिता!
क्या यही?
क्या यही नियति है?
सारे मानवीय शुभाशुभ की
क्या यही परिणति है?

छाया

राम!
तुम चाहते हो सत्य
औ अधिकार
युद्ध साधन के बिना।
प्रतिबार
रावण-द्वार से
तुम्हारे दूत लौटे हार
फिर भी युद्ध
अस्वीकार
तुमको।

क्यों?
किसलिए यह अनासक्ती?
कर्म के प्रति कापुरुषता नहीं है यह?
कीर्ति, यश, नारी, धरा
जय, लक्ष्मी
ये नहीं हैं कृपा
या अनुदान।
मेरे पुत्र!
भिक्षा से नहीं
वर्चस्व से अर्जित हुए हैं आज तक।

यहाँ सब कर्तव्य है
जयाजय
धर्माधर्म कुछ भी नहीं।
केवल नाम हैं।
इतरजन के लिए
ये सब आप्त हैं पर
तुम तो श्रेष्ठ हो
शास्त्र, मर्यादा तुम्हारी छाँह हैं।

ओ विकल्पित पुत्र मेरे!
परिस्थितियाँ धेनु हैं।
दुहो इनको
निष्ठुर अँगुलियों से दुहो इनको।

राम!
मेरा मोह
मेरी मृत्यु था।
उस दिन युद्ध में
पार्श्व बैठी कैकेयी ने
दो वचन ही केवल नहीं माँगे थे।
तुम्हारा अभिषेक
मेरी आत्मा का था।
तुम्हारा वनवास
मेरी आत्मा का था।
मैंने वचन देकर मृत्यु क्रय की थी
इसलिए
तुम्हारा परिताप-पाश्चाताप समुचित नहीं।

राम

लेकिन पिता!
निष्ठुर अँगुलियों की बात

अमानव नहीं है क्या?
अभिषेक और वनवास दोनों से
संबंधित नहीं हूँ क्या?

छाया

राम!
मोह असत्य है
किसी का भी हो।
तुम्हें अपनी अनास्था से नहीं
संशयी व्यक्तित्व से भी नहीं
तुम्हें लड़ना युद्ध है

असत्य से।

राम

लेकिन कौन सा?
किसका असत्य?
इस सत्यासत्य का
निर्णय करेगा कौन?

छाया

किससे कर रहे हो प्रश्न
राघव!

वृष्टि से?
आकाश से?
इस क्षणदा विद्यु से?
यहाँ
या इस आकाश में
या महत के ब्रह्माण्ड में
केवल प्रतिध्वनियाँ शून्य की।
शेष
कहीं कोई नहीं।

यहाँ जो है केवल
नियम है
जिसका बृहत् विराट चक्र है।
कर्म ही गति है
इस अग्निचक्र की।

तब किससे कर रहे हो प्रश्न
राघव!

उस अजन्मे अमर्त्य महाकाल को
न जन्म से
न मृत्यु से
न सम्बन्धों से
योजित या विभाजित किया जा सकता।
उस महानियम के निकट
हम केवल कर्म के क्षण हैं।
जो कि
बलिपशु से बाधित, समर्पित
उस अविनाशी
महाकाशी अग्निचक्र को।

तब किससे कर रहे हो प्रश्न
राघव!

राम

लेकिन पितात्मा!
ये सब स्वीकारोक्तियाँ हैं
सत्य नहीं।
इनकी वास्तविकता को
कभी चुनौता ही नहीं गया।
इन अंधे विश्वासों को

किसी संशय ने निगला ही नहीं।
किसी वर्चस्वी तर्क ने
इनके सत्य को
प्रश्न कर
बौना किया ही नहीं।

ये अनप्रश्रित आप्त-सत्य
ये अपरीक्षित आस्थाएँ
किसी तेजस् मस्तक पर त्रिपुण्ड नहीं हो सकतीं।

ओ पिता!
संशय, निकष है
ऋत का भी।

छाया

किन्तु संशय स्वयं
ऋत या सत्य तो नहीं।
वह तो
कर्म है
आस्था है
सृष्टि है जो
ऋतम्भरा प्रज्ञा है।
और
तुम्हें तो क़ेवल
परिताप है, पश्चाताप है
संशय भी नहीं।

राम

हाँ
पुत्र के रूप में पश्चाताप है
अनेकों सम्बन्ध से परिताप भी
पर

व्यक्ति को
केवल संशय है
केवल संशय है।

छाया

परिणाम का?

राम

नहीं पिता!
मानव नियति का संशय है।
यदि सारे शुभाशुभ
युद्धों से ही प्रतिपादित होने हैं
तब वे सत्य तो नहीं
अन्तिम भी नहीं।
यह तो उन्हें सिद्ध करना हुआ।
और ऐसी बलसिद्धता का
कोई अन्त नहीं होगा पिता!
कोई भी दर्शन या शास्त्र उन्हें
सत्य नहीं प्रस्थापित कर सकता।
जितना ही समूह होगा
उतनी ही बड़ी बलसिद्धता होगी।

इसीलिए
मेरे व्यक्ति को
संशय होता है
ओ पिता! संशय होता है।

यदि मैं मात्र कर्म हूँ
तो यह कर्म का संशय है।
यदि मैं मात्र क्षण हूँ
तो यह क्षण का संशय है
यदि मैं मात्र घटना हूँ
तो यह घटना का संशय है

पर यह संशय है
संशय है
संशय है।

छाया के हाथों से जटायु बोलने के लिए पंख फड़फड़ाता है, छाया उसे गहे रहती है।

जटायु

दाशरथी!
पिता पद पर मुझे रख
जो अग्नि दी थी
उससे मैं तुष्ट हूँ।
तुम्हारा कल्याण हो।

हम आत्माएँ हैं।
सम्बन्धहीन, बोधहीन आत्माएँ।
हमारे निकट कृतज्ञता या आभार
जैसी भाषा का कोई अर्थ नहीं
फिर भी मैं तुष्ट हूँ वत्स!
तुम्हारा कल्याण हो।

हम आत्माओं की
वहाँ तक गति है
जहाँ तक मन की भी नहीं होती।
यद्यपि
हम कहीं नहीं हैं
फिर भी स्थित हैं
ब्रह्माण्ड में
आकाशवत।

राघव!
अपने पिता और परिजनों के लिए

परितापित हो
उन्हें छोटा न करो।

यहाँ प्रत्येक कर्म
क्षण या व्यक्ति
घटित होकर कालातीत हो जाता है।
यह सम्बन्धहीन घटना ही
अग्नि है
नियम है
दिशाकाशी पुरुष है।

वह वैराट्य
वह महानियम—
सम्बन्ध नहीं
स्थितियाँ पैदा करता है।
वह तो गुण है
जो उन्हें संज्ञित किये रहता है
सम्बन्ध नहीं।

राघव!
यदि तुम देख सके होते
प्रत्येक दो क्षणों के बीच
अनन्त समय का अन्तराल बिखरा है।
एक सम्पूर्ण सृष्टि
सुख-दुःखमयी एक सम्पूर्ण सृष्टि
अपने उदयास्त काल में
घटित हो जाती है
उस क्षण में।

यदि तुम क्षणों की इस पृथकता को

देख सके होते तो
राघव!
परितापित कभी नहीं होते।

यहाँ कुछ नहीं समाप्त हुआ
क्योंकि कभी भी
कुछ नहीं आरंभ हुआ।
वह तो क्षण था
गुण था
जो कि है रहेगा भी।
केवल हम ही
उस क्षण के पूर्व तक उसमें नहीं थे,
केवल हम ही
उस क्षण के बाद नहीं होते
इसीलिए हमें
कुछ जन्म लेता, मरता लगता है।
अजन्मे अविनश्वर क्षण या समय को नहीं।

वहाँ
केवल अन्तराल
जहाँ ध्वनियाँ, प्रकाश, रंग, रूप, गंध यात्रित हैं।
बोधहीन आत्माएँ यात्रित हैं।
केवल अन्तराल
केवल अन्तराल फैला है
रंगकुंडलों के आवर्तों में घिरे हुए
इन तारग्रह की दूरियों के
अपरपार
प्रतिध्वनियों वाला अन्तराल
जहाँ अविनश्वर समय स्वयं यात्रित है।
वहाँ केवल अन्तराल

अपने नीले रहस्य में
केवल अपने ही लिए समासित है।
राघव! तब काल के किस प्रश्न को
समय के किस संशय को
सत्य के किस शंकात्व को
निकालना चाहते हो?
जटायु चुप हो जाता है। छाया बोलती है।

छाया

पुत्र मेरे!
संशय या शंका नहीं
कर्म ही उत्तर है।
यश जिसकी छाया है
उस कर्म को वरो।

जितनी गुणात्मकता जानोगे
उतने ही संशय
उतने ही प्रश्न तुम्हें घेरेंगे।
कितनी विरोधी गुणात्मकता वाली सृष्टियाँ
यहाँ फैली हैं
आकाश में
समुद्रों में
तुम्हारे पैरों के नीचे
पृथिवी में
चट्टानों की पलकें मींचे
अनन्त सृष्टियाँ सोयी हैं।
स्वयं अपने ही भीतर
विरोधी सृष्टियाँ सोयी हैं।

करो
प्रश्न करो
इन सबसे प्रश्न करो

उस उत्तर के लिए
जो कहीं नहीं था
जो कहीं नहीं है
जो कहीं नहीं होगा।

सृष्टियाँ
गुण-धर्म हैं
किसी के प्रश्न की उत्तर नहीं

राम

लेकिन पिता!

जटायु

अब और नहीं राम!
अब और नहीं।

आओ, आओ
मेरे समादृत राजन!
आओ चलें।
हम आत्माएँ हैं
सम्बन्धहीन, बोधहीन आत्माएँ
जिन्हें मोही बन
पुनः मृत्यु नहीं मरनी है।

यह मत भूलो
हम केवल विचार हैं
भावना नहीं।
आओ, आओ
मेरे समादृत राजन! आओ।

ओ हमारे पंखों की दिशाओ!
ओ हमारी दृष्टियों के आकाश!

हमें यात्राओं पर ले चलो।
आओ, चलो
यह मत भूलो
हम वह क्षण हैं
जो बीत चुके पुनः नहीं बीतेंगे
आओ, आओ
मेरे समादृत राजन!
आओ, चलें।

छाया

पुत्र! हमें जाने दो
हम व्यतीत हैं, हमें जाने दो
तुम्हारा कल्याण हो।
तुम्हें लड़ना युद्ध
अपने से नहीं
अनास्था से नहीं
संशयी व्यक्तित्व से भी नहीं
केवल

असत्य से।

हमें जाने दो
पुत्र! हमें जाने दो।
हम व्यतीत
हमें व्यतीत ही रहने दो
हमें अब जाने दो।
पुत्र! हमें जाने दो।

कहते हुए छाया और जटायु का आकाश में विलीन होना। राम, मात्र अवाक हो देखते रह जाते हैं। वृष्टि, हवा, विद्युत, उसी प्रवेग से हैं।

उपरान्त राम भी चलने के लिए उद्यत होते हैं।

तृतीय सर्ग : मध्य रात्रि की मंत्रणा और निर्णय

युद्ध परिषद की बैठक।

राम अपने शिविर में लक्ष्मण, विभीषण, हनुमान, सुग्रीव, जामवन्त आदि सामन्तों के साथ बैठे हुए युद्ध मन्त्रणा में रत हैं। सब लोग चौकियों पर बैठे हुए हैं। बीच में एक दीपाधार, बड़ा सा जल रहा है। सब काफी चिन्तित एवं थके लग रहे हैं।

पृष्ठभूमि में सागरघोष तथा गरजते बादलों की गड़गड़ाहट है। प्रहरियों का 'सावधान' स्वर दूर-पास सुनायी पड़ता है।

लक्ष्मण

सुनते हो
हनुमत प्रवीर! सुनते हो
प्रभु के निर्णय को?
परितापित वाणी को?

कहते हैं
रघुकुल के दुःखों का मैं कारण हूँ।
सरयू से लेकर सागर तक
जो कुछ भी हुआ
या कि हो रहा है
उसका मैं
अपयशी निमित्त हूँ।
युद्ध नहीं होगा
क्योंकि सीता का हरण
राम की व्यक्तिगत समस्या है।

सुनते हो
हनुमत प्रवीर! सुनते हो
प्रभु के निर्णय को?
परितापित वाणी को?

हनुमान

सम्भव था
सब कुछ सम्भव था
महाराज जो कुछ कहते हैं
सब सम्भव था।

यह सेतुबन्ध का बनना
रहता मात्र कल्पना।
रामेश्वर तट
एकत्र न होते ये नग्न देह के
कोटि-कोटि
साधारण जन।

सम्भव था
सब कुछ संभव था
यदि यह राम की ही
व्यक्तिगत समस्या होती।
रघुकुल के सारे दुःखों के कारण राम
यदि इनका आवाहन करते
तो
सम्भव था
जो कुछ कहते हैं
सब सम्भव था।

पर हे रघुकुल तिलक!
किसके विरुद्ध?
ये कोटि-कोटि
साधारण जन
महायज्ञ के बौने होता
ये लाघव समग्र
हैं पंक्तिबद्ध

एकत्र
अभियान व्यग्र
बन कुलिश वज्र।
राघव!
ये लाघव समस्त
किसके विरुद्ध?
वह कौन मन्त्र?
वह कौन शक्ति?
वर्चस्व कौन?
जो काली, दुबली, मटमैली देहों के
इन बौनों में
प्रथम बार
जागा है
अभिमंत्रित
कर फूत्कार?

भुलाकर अपने सारे जाति-कुलों के
राग-द्वेष ऽ
गुल्मभाव, प्रादेशिकता

ये छोटे-छोटे बौने
किस आवाहन पर
महासेतु निर्माण कर रहे?

वह महासेतु
जो कि प्रथम आश्चर्य सृष्टि का
मानव के विद्रोह भाव का
प्रथम
किन्तु अद्भुत प्रतीक है।

ये छोटे-छोटे व्यक्ति
गुल्म परिवार,
सामन्त राज्य—
दुर्गम वनपथ, पर्वत कठोर को चीर
उत्साहित नदियों-नालों वत
दुहते
इस अन्तरीप पर
किस इतिहास-व्यक्ति में
मिल जाने को आकुल?

वह इतिहास-व्यक्ति
जो कि महार्णव है
है कौन?

किसने
रावण पीड़ित दक्षिण प्रदेश के
इन असंख्य साधारण जन को
स्वातंत्र्य भाव-वर्चस्व बोध से भरा?

किसने?
हाँ किसने?
सरयू से लेकर सागर तक
पीड़ित जन मानस को
अहोरात्र चलकर
अवधूत भाव से चेता है?
किसने?
हाँ किसने?
मित्रो!
सीतामाता
भले ही राम की पत्नी हों

किसी की वधू
किसी की दुहिता हों
पर
हम कोटि-कोटि जनों की तो केवल
प्रतीक हैं--

रावण अशोकवन की सीता
हम साधारण जन की अपहृत स्वतंत्रता।

औ
राघव!
ये लाघव
अब्र होंगे न पराजित
किसी शक्ति से।

हम साधारण जन
युद्धप्रियी थे कभी नहीं
और न लंकायुद्ध लड़ेंगे
युद्धभाव से।
महाराज!
साम्राज्यवृत्ति के द्वारा
हम साधारण जन
अर्धसभ्य कर दिये गये।
हमने राक्षस रथ खींचे
दासभाव से।
बदले में
नर नहीं
वानर पद प्राप्त किये।
लंका में हम
भोज्य पदार्थों से बिकते हैं।

गरम सलाखों से
प्रत्येक पृथुज्जन देह लिखी है—

ये गुलाम हैं

इनका केवल यही नाम है।

हे रघुकुल तिलक!
हमारा यह सुन्दर दक्षिण प्रदेश
रावण
या किसी अन्य का
उपनिवेश हो
यह स्वीकार नहीं अब
किसी मूल्य पर।

राम

हनुमत वीर!
युद्ध की अनिवार्यता को जानता हूँ
अपने से अधिक
इन पृथुज्जन को मानता भी हूँ
किन्तु
इस युद्ध के उपरान्त
होगी शान्ति
इसका तो नहीं विश्वास।
बन्धु!
यह युद्ध
सम्भव है अनागत युद्ध का कारण बने।
तब
अनेकों लंका
अनेकों रावणों का जन्म हो।
सम्भव है

हमारे लौटने के बाद ही
आक्रमणकारी
नयी सैनिक, उपनिवेशी योजनाएँ ले
इसी सेतुबन्ध से लौटें।

फिर संघर्ष
फिर संहार
इस ऐतिहासिक विषमता का
कौनसा प्रतिकार?
इस चक्र का कोई नहीं है अन्त
हनुमत वीर!
कोई नहीं है अन्त।

लक्ष्मण

प्रभु! क्षमा करें मेरे इस भाव को।

क्या इस प्रश्न के
हम ही अन्तिम निर्णायक हैं?
क्या हम ही अन्तिम मानवता हैं?

राम

नहीं हैं।

किन्तु युद्ध, दायित्व है।
किसी भी पीढ़ी के लिए दायित्व है
आवेश नहीं।

कैसी विषमता है।
हम सब
यहाँ
टूटे हुए व्यक्तित्व ले
अपनी समस्याएँ लिये एकत्र हैं।

अयोध्या से निष्कसित मैं,
ये सुग्रीव
ये सामन्त
दक्षिण के लिए कटिबद्ध हैं।
अपमानित विभीषण चाहते हैं न्याय
उस सम्राट से
जो दस दिशा की नियति है।
ये हनुमान
साधारण जनों के दुःख औ अधिकार के प्रतिरूप।
मित्रगण!
कितनी नियोजित यह विषमता है।
सम्भव है
इस युद्ध में
हम सभी अपने स्वत्व को पा जाएँ।
किन्तु
उसकी चिर सुरक्षा
शान्ति

क्या हो?
और कैसे हो?

युद्ध
ऐतिहासिक फेन है किन्तु
उसके बाद?

हनुमान

क्षमा करें महाराज!
हम केवल घटना हैं
इतिहास नहीं।
सम्भव है
हमारे कारण ही

अनागत युद्धों की नींव पड़े
पर
इस डर से
क्या हम न्याय और अधिकार छोड़ दें?
नहीं
नहीं महाराज!
समय ही करेगा प्रतिकार
हर बार
अनुचित का।

सुग्रीव

महाराज!
निश्चिन्त रहें
यह युद्ध न्याय का है
क्योंकि
रावण ने
दक्षिण प्रदेश
उसके सामन्तों को
अधिकृत कर
बो दिये युद्ध के बीज
बहुत पहले ही।
हमारी जीत प्रथम होगी
जब किसी चक्रवर्ती को हरा सकेंगे।

सीता
जो कि हमारी माता हैं
उन्हें आपको सौंप
उऋण होंगे दक्षिण के नर-नारी।

महाराज!
युद्ध केवल फेन ही नहीं

निर्णय है
जिससे इतिहास बना करता है।

लक्ष्मण

बन्धु!
विभीषण का क्या है मन्तव्य
यह जानना आवश्यक है।

राम

विभीषण!
युवराज
भावी सम्राट लंका के
हमारे मित्र!
तुम्हारा मौन सप्रयोजन है।
इस युद्ध के सम्बन्ध में
क्या मन्त्रणा है?

विभीषण

युद्ध
मन्त्रणा नहीं
एक दर्शन है राम!
अन्तिम मार्ग है
स्वत्व औ अधिकार अर्जन का।
किसी-किसी युग में
युद्ध ही
अन्तिम सत्य, दर्शन हुआ करता मित्र!
शेष
शोभा-वंचना।

सम्भव है
हम भी
ऐसे ही दुर्भाग्यपूर्ण सौभाग्यी युग के चिन्तक हों।
लेकिन

अभी टूटे हुए व्यक्तित्व की जो बात
कही थी आपने
सार्थक लगी।
द्वन्द्व
मुझमें भी कहीं पर है,
मुझे भी सालता है
स्वयं का संघर्ष,
मैं भी विभाजित हूँ,
मैं भी ऐतिहासिक भग्न हूँ
तभी तो आपकी ही भाँति ऽ
राम!
मुझमें भी अनिर्णय है।

मैं भी युद्ध की अनिवार्यता को मानता हूँ
किन्तु
अपने राष्ट्र के प्रति
क्या यही कर्तव्य है मेरा
उस पर हो रहे
इस आक्रमण में साथ दूँ?

कल जब युद्ध होगा
और लंका की पराजय भी सुनिश्चित है
तब
क्या विश्वास
ऽ ये आपके सामन्तगण ही
वे सब नहीं दुहराएँ
जो रावण ने किया।
राम!
इस युद्ध के उपरान्त
मेरे सामने

मेरे राष्ट्र का
अनागत कल
अनावृत धू-धू जल रहा है।

वो ऽऽ
वहाँ
मेरे राष्ट्र की टूटी हुई
अपमानित पताकाएँ
भग्न अंगों की शोभायात्रा सी जा रही हैं।
जले औ खण्डित भवन
जिह्वाहीन भिखमंगे सरीखे
हाथ फैलाये खड़े हैं।
राजपथ
बेहोश, ऐंठी देह से नंगे पड़े हैं।
टूटे हुए रथचक्र में
अन्धे अश्व हँसते जा रहे हैं।
मेरी स्वर्ण लंका
पागल-कोढ़ियों सी
वह वहाँ
उस सिन्धु तट बैठी हुई
हड्डी-बाँसुरी छेड़े हुए है।
मेरे राष्ट्र
मेरे देश की जयभेरियाँ
गूँगी हो गयी हैं।
बहरे लोग हैं
हिचकियों के साथ मदिरा गा रहे हैं
मेरा राष्ट्र
इस युद्ध में
रौंध डाला जाएगा कल राम!

प्रत्येक क्षण
मेरा सोचना
यहीं पर टूट जाता है।
अपने देश की इस दुर्दशा का
कौन कारण है?

मैं
या सम्राट रावण?
सम्राट ने ही
न्याय की हर बात अस्वीकार की।
दूत अपमानित किये।
स्वयं मन्दोदरी ने
आग्रह किया—
फेर दो सीता
अग्नि है
छूना मत इसे
पर
सम्राट केवल हँस दिये।
जब-जब उपनिवेशों ने किया
विद्रोह
उनके लोग, संस्कृतियों औ इतिहास तक को
भस्म कर डाला।
जब मैंने कहा
मुझे निष्कासित किया।

राम!
मेरी आत्मा में भी यही है द्वन्द्व
क्या युद्ध
नियति है
हमारे सारे शुभाशुभ कर्म की?

कल
जब हम नहीं केवल
वृद्ध, ठंडी शिला सा
इतिहास होगा।
जब हमारे तर्क तक मर जाएँगे
तब
हमें क्या कहकर पुकारा जाएगा?
राष्ट्र संकट के समय
मैं आक्रमण के साथ था
राज्य पाने के लिए।

इतिहास के इतने बड़े मिथ्यात्व को
झुठलाने के लिए
मेरा द्वन्द्व
संशय
तर्क
राघव!
उस वृद्ध, ठंडी शिला से इतिहास के सम्मुख
कुछ भी नहीं होगा।
उसकी मौसममुखी चट्टान पर
केवल लांछना की ठठरियाँ,
राष्ट्रघाती रूप में
केवल लांछना की ठठरियाँ
विभीषण को वहन करना
अन्तिम सूर्य तक।
उस वृद्ध, ठंडी शिला पर
गिद्धवत बैठा हुआ
बहुमत

न्याय है, सत्य है
ऐतिहासिक नियति है
हर व्यक्ति की।

इसलिए टूटे हुए व्यक्तित्व की वह बात
हर मनीषा को झकझोरती है
राम!

ठीक है
शेष लोगों से
हमें यह तोड़ देती है।
ऐसा नितान्ती एकत्व
दुःख देता है
स्वयं को
शेष को भी।
पर यह द्वन्द्व
निबद्ध है व्यक्तित्व से।
अन्धे सैन्धवों वाला
संशय
स्वर्ण का रथ है।
पाशित विवश हम
आरूढ़,
कशाघातित अश्व
अनामी यात्रा—

राघव!
हर प्रज्ञावान, शंकाशील
इसी यात्रा पर चला है

यदि यह यात्रा है।

क्या करोगे मित्र!
यहाँ सब अनिवार्यता है।
युद्ध भी।
जब हमारा नियन्त्रण
अपने जन्म औ अवसान पर ही नहीं
तब
स्वत्व औ व्यक्तित्व के ये प्रश्न
शंका और संशय
थोथे
या कि हास्यास्पद नहीं हैं?
स्वयं को छलना नहीं है राम?
तभी तो मैंने कहा था
युद्ध भी दर्शन है
अन्तिम मार्ग है
स्वत्व औ अधिकार अर्जन का।
राघव!
या तो हम काम किया करते हैं
लेकिन
जब काम नहीं होता
तो संशय किया करते हैं
काम, सामूहिक अन्धता है, और
संशय, वैयक्तिक अन्धता है।

मित्र!
इस अन्धता से कोई भी मुक्ति नहीं।

अच्छा हो
इतने संशय' परान्त
कोई भी काम किया जाए
चाहे

सम्प्रति वह युद्ध ही हो।

यह काम ही होगा

संशय या तर्क नहीं।

लक्ष्मण

युवराज के तर्कों से सहमत नहीं

फिर भी

पार्थिव पूजन' परान्त

बन्धु! कल अभियान हो।

सुग्रीव

कल विहान ही

चलने की आज्ञा हो।

हनुमान

महाराज!

अब आज्ञा दें अभियान की।

राम

परिषद की इच्छा।

क्रमशः अन्य उठकर चले जाते हैं। केवल अपनी चौकी पर राम चिन्तामग्न बैठे रहते हैं।

चतुर्थ सर्ग : सन्दिग्ध मन का संकल्प और सवेरा

प्रत्यूष वेला।

शिविर के गवाक्ष से उदयाभा स्पष्ट है।

युद्धवेश में राम गवाक्ष की चौखट पर कुहनी टिकाये चिन्तित। बाहर, सुदूर तक तुमुल-कोलाहल, हवा में लहराते विभिन्न सैन्यदलों के झण्डे, घण्टारव आदि स्पष्ट हैं। अभियान की तैयारी हो रही है। लक्ष्मण, पार्थिव-पूजन के प्रबन्ध में अन्य सामन्तों के साथ व्यस्त हैं।

राम, लक्ष्मण की प्रतीक्षा में है, क्योंकि सूर्योदय के समय ही समुद्र को साक्षी रख पार्थिव पूजन होना है।

राम

मैंने अपने को सौंप दिया
ज्वारों को
विवश धरती सा सौंप दिया।
अपने को सौंप दिया।

ओ मेरे आधे व्यक्तित्व के
अधूरे मन!
इन गूँगे संशयों
अधूरी शंकाओं
बहरे प्रश्नों का क्या होगा?
मेरी अस्वीकृता स्वीकृति का क्या होगा?
क्या होगा?
मैंने अपने आधे को
सर्वस्व समझकर सौंप दिया
ज्वारों को।
ओ अर्धव्यक्ति के अर्धसत्य!
युद्ध, नियति है
प्रश्न नहीं।
मैंने संकल्पजलों वत
सिरा दिया है प्रश्नों को ऽ
इन अपारमित ज्वारों में।

लो स्वीकारो
मेरे अन्तर्विरोध! लो स्वीकारो
मेरी अस्वीकृता स्वीकृति का यह झुका माथ
लो स्वीकारो।

मैंने अपने को
यह कहकर सौंप दिया

अपने ही विरोध को।
द्वीप की विवशता सा
अपारमित ज्वारों को सौंप दिया।
यह शंकातट सौंप दिया
सौंप दिया।

अब मैं निर्णय हूँ
सबका
अपना नहीं।

कैसी विडम्बना—

मेरा चिन्तन खड्ग करेगा
और आचरण युद्ध बनेगा।
क्योंकि मैं निर्णय हूँ
हो चुका हुआ अब निर्णय हूँ
ऽ व्यक्ति नहीं।

इतिहास
व्यक्ति को व्यक्ति नहीं
शस्त्र मानता है
अपने अन्धे उद्देश्य पूर्ति में।
उसकी परिभाषा में वह
निर्मित्त है
शक्ति नहीं।
युग के हाथों में
केवल बाधित है
होने के लिए
बनने के लिए नहीं।
ओ मेरे गूँगे संशयो!

अधूरी शंकाओ!
बहरे प्रश्नो!
इन इतिहासी पक्षाघाती वायुओं को
यह कहकर स्वीकारा

अब मैं निर्णय हूँ
सबका
अपना नहीं।

मुझमें
कल का युद्ध
आज ही सम्भावित हो चुका।
मुझमें—
जो शान्ति चाहता था,
तापसवेशी मुझमें
कल का युद्ध
आज ही सम्भावित हो चुका।

मध्यरात्रि के इस निर्णय से
जाने कितने सूर्य
आज ही
कल के लिए मर चुके।
जाने कितने अनागतों दिवसों की
घायल हँसियाँ
रोती रहीं रात भर।
एकत्रित इस जनसमूह के सीने में
इतिहास
खड्ग सा घोंप दिया मैंने ऽ
मध्यरात्रि के इस निर्णय ने।

मुझमें कल का युद्ध
आज ही संभावित हो चुका।
रक्त सने हो गये आज ही
हाथ-माथ ये।

अब मैं निर्णय हूँ
सबका
अपना नहीं।

अभी पार्थिव-पूजन' परान्त
सेनाएँ, रथ, घोड़े, हाथी सब
युद्धयात्रा पर चल देंगे।

लेकिन
क्या कल
उसके बाद के कल
उसके बाद के भी अनागत कलों तक
क्या कोई साक्षी यहाँ छूट पाएगी?
उन मुझे जैसे
इतिहास पक्षाघाती आने वालों के लिए कि
किसी ने
कभी विगत में भी
प्रश्न किये थे,
शंकाएँ की थीं,
पिनाकजयी ने
संशय की प्रत्यंचा को
असफल साधा था
औ उठाकर रख दिया था अपना
व्यक्ति-धनुष
यह कह कर—

अब मैं निर्णय हूँ
सबका
अपना नहीं।

मुझसे मत प्रश्न करो
ओ मेरे विवेक !
मुझसे मत प्रश्न करो।

न आकाश
न उसके देवता और
न देवताओं के देवता
किसी के पास
हाँ ऽ किसी के पास
प्रश्नों के उत्तर नहीं हैं।
ये सिद्धियाँ
अप्सरियाँ
देवलोक
यश-लक्ष्मी
उत्तर नहीं प्रश्नों के
केवल प्रलोभन हैं।
अपना विवेक सौंप देने के लिए
केवल प्रलोभन है।

इसलिए मत प्रश्न करो
ओ मेरे विवेक!
मुझसे ही नहीं
किसी से भी मत प्रश्न करो।

आत्महनन से कहीं अच्छा है
ज्वारों को भेदते हुए

खड्ग से पाताल चीर दें।
यदि एकान्त-सत्य को समर्पित कर सकना
सम्भव नहीं तो
मेरे विवेक!
अच्छा है
दिशाघाती प्रलाप बन
शिलाओं के अँधेरों में
इतना बजते चले जाएँ
बजते चले जाएँ
जिसे सुन भूकम्प भी बहरे हो जाएँ।
लेकिन
मुझसे मत प्रश्न करो।

मध्यरात्रि के इस निर्णय ने
ज्वालामुखियों को जगा दिया।
मणि खोये साँप सा
समय—
कवचित
युद्ध के लिए ललकार रहा
भीतर
अपने ही भीतर
सब के भीतर ललकार रहा।
प्रश्नों की बेला अब नहीं रही
युद्ध की वास्तविकता
सूर्योदय ला रहा।
कल के सूर्यास्त को
हाय
कल तक का शुभ सौंप चुका।

अब केवल
आक्षितिज

सेना की पगध्वनियाँ
रणनिनाद भेरियाँ
युद्धघोष, झंडियाँ।
युद्ध करो
ओ मेरे विवेक!
मुझसे मत प्रश्न करो
प्रश्नों की बेला अब नहीं रही
कर्म करो।

क्या हो
क्या न हो की
सीमाएँ शेष हुईं।
अब मैं निर्णय हूँ
जिसे होना है
खड्ग और बाणों के द्वारा
जिसे होना है।
विचारों में जो हो चुका
उसे अब भुजाओं से होना है।
ओ मेरे विवेक!
अब यह प्रश्न ही नहीं रहा कि
युद्ध के बाद होगी
शान्ति।
जब कि सम्भव है
युद्ध ही युद्ध का उत्तर हो।
या यह भी सम्भव है कि
शान्ति
युद्ध के सत्य की एक चेष्टा हो।

ओ मेरे विवेक?
मुझसे मत प्रश्न करो

संशय की बेला अब नहीं रही।
अन्तरीप जल में
सूर्योदय साक्षी है
संशय की बेला अब नहीं रही।

अब मैं केवल
प्रतीक्षा हूँ
कवचित कर्म हूँ
प्रतिश्रुत युद्ध हूँ।
निर्णय हूँ सबका
सबके लिए।
केवल अपने ही लिए
सम्भवतः नहीं।
नहीं।

गवाक्ष से कुछ सामन्तों के साथ लक्ष्मण पार्थिव-पूजा के लिए बुलाने के हेतु आते हुए दिखते हैं।

विराट सूर्योदय सम्पन्न हो रहा होता है। राम अत्यन्त एकान्त सम्पूर्ण भाव से सूर्यागम देख रहे होते हैं। उनके प्रत्यंच मुख पर तनाव कम हो गया है। एक मौन शान्ति उनके मुख पर दिखने लगती है, जैसे फूलों वाला एक नील दिन हो।

शान्त हो।
ओ सूर्यतपी शिला! शान्त हो।
तुम स्वयं सूर्य नहीं।

तुम केवल उपजीव्या सूर्य की।
तुम्हारा वैश्वानर
घाम नहीं।
तुम्हारे अग्निवृक्ष में
पृथिवी के लिए ऽ
कोई दिन अंकुरित नहीं।

कोई धूप भी विस्तरित नहीं।
सूर्य गया
धूप गयी
ऊष्ण रेतस भी नहीं रहा।
तुम्हारे अन्तस उतरे
दिन भर के सूर्य ने
तुम्हारा पाथरत्व नहीं स्वीकारा।

तेजस वह लौट गया
तुम क्रमशः फिर शिला हो गयीं।

शान्त हो।
ओ सूर्यतपी मेरी शिला! शान्त हो।
सूर्य कोई शिला नहीं
तपस्या है
अग्नि की।

अनन्त सूर्यों को
एक सम्भावना की तरह
घटित हो जाने दो
अपने पाथरत्व में।
सम्भव है
ओ शिला!
वह घटना ही सूर्यत्व दे जाए।

ओ मेरी अपारमिता!
अपने पाथर को आकाश करो
वही सूर्योदय है

वही ऋतम्भरा है

वैश्वानर है।

शान्त हो।

ओ सूर्यतपी मेरी शिला! शान्त हो।

शान्त हो

तुम स्वयं सूर्य नहीं थीं।

तब तक लक्ष्मण आदि का प्रवेश। शिविर में तथा बाहर सुदूर तक सूर्य के जयकार सा दिन प्रस्फुटित हो उठा है। राम अपने भीतर भी एक सूर्यागम अनुभव करते हैं।